春 待 唄

Harumachiuta

市川洋子

港の人

春待唄　目次

Ⅰ

はじまりのとき　8
月夜　11
そのこえ　14
貝殻　18

Ⅱ

雨　24
眠り　29
春待唄　33

Ⅲ

森の奥にて　38

IV

雨の匂いに　42
彷徨う　46
嵐　50
砂の丘を　55
春の日　60
ホタル　62
触れずいる　68
竹林　71
どんぐり　74

V

まよいみち　78
夏の夜　83

VI

水たまり　90
波紋　93
前触れ　95

VII

音　100

Ⅷ

野にいでて　106
雨の夜　109
秋をゆく　112
木洩れ日を　116
雪あかり　119
歩む　123

すきとおる光の風景　武田昭彦　128
あとがき　134

I

はじまりのとき

すみれ色に染まる
そらと野のあわいを
すっと指でなぞると

いっそうそらは白み

あしもとの草は
その先に
水滴をおもそうに
揺らしている

はじまりのとき

遠くで
ふと目覚めた
鳥の短いさえずり

呼び覚まされた
鳥たちの
いっせいの

そらは青みを増し

風が
野を駆け抜ける
駆け抜ける

なんという
はじまりのとき

いまだまどろむ
そのつぼみに
手をふれると

ほどけゆくひとひら
においたつ
いちめんの野

そらはたかくたかく

かざす手に
ひかりは満つ

月夜

風に呼ばれて
月夜を歩く
銀の波、銀の砂

ひなたの名残りを
仄かに残し
裸足の足を
つつむ砂

波に呼ばれて
月夜を歩く

よせる波、せまる音

はるかな海の
うねりをかさね
裸足の足を
濡らす波

しずむ足元
空に星
浮かぶ貝殻
白い泡

月夜の海は
ただ広く
月夜の浜は
ほのひかり

影に呼ばれて
月夜を歩く
銀の夜、影の夜

かざす手のひら
こぼれる
ひかり
浜に落ちるは
銀の影

遠く呼ばれて
月夜を歩く
波の声
誰の声

そのこえ

風にのるは
君の声
とぎれとぎれに
君のこえ

林は明るく
大きく揺らぎ
緑のあかりを
こずえにかかげ

足もと撫でる

光の輪
ぽたぽたぽたと
光の輪

輪を踏みしめて
逃げられて
遠くきこえる
君のこえ

ああ、空走る
雲の影
林を越えて
いくすじも

影に林は
またたいて

ふっと沈む
幹のいろ

触れた木肌は
ひんやりと
静かに息を
ひとつふたつ

かたむく日差しの
ゆっくりと
光の帯の
むこうから

ふいにきこえる
君の声
姿の見えぬ

君のこえ

貝殻

波うつ縁に
そっと
指先を滑らす

貝殻は
なかば透きとおり
ゆるやかに
カーブを描く

うねり
つらなり

また
うねり

青は
どこまでもつづき
底深く
どこまでも沈み

力強く
行き交う
黒い影

時折
きらり
走る筋

渦巻き
消える
小さな影たち
沈みゆく
青い闇

かすかに
舞い降りる
光の粉
光の

上へ
上へ
上へ

やがて

ゆらゆらと
しらみゆく青

手を差しのべると

頭上には
一面の空

足もとを
波が
なで

手のひらに
ひとつ

白い貝殻

II

雨

雨だれ
雨だれ
雨だれ

音のむこうに
見えるのは
なに？

身を寄せ合って

青空を待つ
はしばみ色の
小鳥たち

雨

雨

雨

雨筋のむこうに
聴こえてくるのは
なに？

ぐいぐいっと
そらに伸びゆく

幾千もの
みどりたち

ざざっざん

ざざっざん

ざざっざん

激しさを増す
雨音に
待ちきれないのは
だれ？

窓辺で
黒い瞳をこらす

ちいさな手をした
君のこと

瞳に走る
灰色雲と
ときおり走る
稲光り

煙りたつ
一面の空気
大きく揺れる
木立たち

ざーざざー

ざーざざー

ざ、、、ざざー

あ、

瞳のむこうに
見えたのは

そう

雨上がり

眠り

ざぐざぐ
ざぐざぐ

真黒い土の
合間から
真白くみえる
霜柱

ざぐざぐ
ざぐざぐ

ゆらり薄氷に
仄かに透ける
錦鯉

ざぐざぐ
ざぐざぐ

空へ
伸びる小枝の
くっきりと

ざぐざぐ
ざぐざぐ

真っ赤に染まる
ちいさなちいさな

その両手

ざぐざぐ
ざぐざぐ

かさかさと
林のなかを
かけゆく音

ざぐざぐ
ざぐざぐ

こずえに固く
固くつぼんだ
若芽たち

ざぐざぐ
ざぐざぐ

生命は
力強く眠り

君は

おおきく
呼吸をする

春待唄

しんしんしんしん
凍る朝

じんじんじんじん
脈打つ手

かんかんかんかん
たたく音

割れぬ氷の
その下に

耳を澄まして
ひっそりと
春は遠いと
揺らいでる

春待つ水は
つめたかろ
春待つそこは
あたたかろ

空は
きんきん冷えきって

鳥は
ふくふく

ふくらんで
さえずる時を
待っている
みどりの
芽吹くその時を

春待つ風は
つめたかろ
春待つ羽根は
あたたかろ

カンカンカンカン
青い空

キンキンキンキン

澄む空気

ケンケンケンケン
まだですか

みんな出てくる
あの春は
恋し恋しい
あの春は

Ⅲ

森の奥にて

緑の
雫の
したたる
森の奥

光の
雨垂れが
こぼれ

風が
梢を

揺らし
吹き抜けると

斑点が
ゆるやかに
ゆれ

歩みをすすめれば
一斉の
鳥の
さえずり

緑の
奥の
青い青い空の
ひとひら

湿った
苔の
匂い

沈みこむ
柔らかな
足元

ぶなの木肌の
その
さまざまな
色の数々

つややかな
甲虫の

背

ほのかな
灯りのような
白い花

手を
差し伸べた
その時——

雨の匂いに

雨の匂いに
こうべを上げると
その雨はやってきた

鳥たちは
どこへ
消えた？

みどり打つ雨
沈む梢
色を増す木肌

ああ
鳥たちは
どこへ

向こうへ向こうへ
雨は駆け抜ける

足早に

打たれた頬の
感触の消えぬ間に

立ちこめる
黒土の匂い
淡く

濃く
光る苔のつらなり

手を
さしのべると
はや雨は去り

私はふたたび
耳をすます

沈黙と
温気

木々は
身じろぎもせず
空に

みどりをかさね

私は
ただ

未だ聴こえぬ

その
囀りを待つ

彷徨う

遠くで
鳥の羽ばたきを
耳にしたような気がして
足を止めると

耳元を風音がかすめ
羽ばたきは
本当だったのか

緑は
足もとを

頭上を
覆い

方角を見失った君は
戸惑い
空を見上げる

空は
樹々の彼方
小さく
雲を走らせている

肩をかすめた風に従おうか
それとも
足もとに伸びる影に

羊歯の緑は
青々と濡れ
朽ちた木の葉は
柔らかに
地面を覆い
森の匂いに
君は気が遠くなる

あの鳥を
見つけなければ

大きな枝に躓き
身を起こすと
木洩れ日が踊り
一瞬
光に君は目が眩む

そのとき

高く短いさえずりと
力強い羽ばたきを
確かに
きいたのだ

嵐

走る
走る
荒ぶり走る

渦巻き
うねり
木々を薙ぎ

眩む
稲妻
しなる枝

揺れる
足元
かえす風

走る走る
慄き走る

獣も小鳥も
身を隠す

耳を
塞ぐは
雨音と
たかぶりすさぶ
風の音

宙舞う小枝
轟く雷
嵐は
走る
轟々と

走る走る
躓き走る

風に身を投げ
地を踏みしめ
傾ぐその身を
押し戻し
見えぬ
行方を
掻き分け

進む

走る走る
嵐の果て

揉まれて
走る
あの空へ
嵐を超えて
その先に

散らばり落ちる
緑の葉
切れ切れの枝
伏せる草
獣の吐息

身震いの音
潤む空気に
滴る
光

砂の丘を

砂に残された足跡は
誰のものだったか
風に半分消されて

砂はさらさらと
流れ
足跡の主を探す君は
砂の流れに
泣きそうになる

急がなければ

足跡が消えないうちに
砂に書かれた矢印は
消えかけていて
書いた
その人の居場所も

君は急いで
矢印のさす方へと
向きを変える

砂に足を取られ
君は思わず
泣きそうになる

あの砂の丘を

ひとつ越えれば
目に入るかもしれない
探している
あの背中を

目には砂つぶが入り
君は薄目を開けて
風に抗い
砂を登る

ふたしかな砂を
足掛かりに
君は砂を登る
ひたむきに

ただ
あの背中を探して

その時
君はもう
涙を
忘れている

IV

春の日

ちいさなちいさな空色の
春いちばんのいちめんの
花咲く野原にいでゆけば
さえずりあがる野の鳥の
声追うてゆくその先に
やわらわたぐも青いそら

頬あたためる春の日の
きらきら映る水面には
ゆらりゆらりと漕ぐ人の
ゆく先みれば枯れ葦の

根元にのぞくあおい筋

萌ゆるみどりの合間から
ついと出でくる水鳥の
あと追うわたげの灰色に
いくつ数えるかげたちは
かろくつたなく懸命に

いちにち一日、指折りて
待つ春来ぬ春数えては
いま春の日のいっぱいの
日差し溢れるこの道を
いずこともなく
歩みゆく

ホタル

闇に
ひとつ
闇に
ふたつ
闇に

ふっと
筋交う
ホタルの
儚さよ

ふっと
灯って
ふっと
消え

ひとつ

ふたつ

あちらへ

こちらへ

深まる
闇は
なお

深く

幾重に
ともる
光跡
の

ホタル

ホタル

ホタル

ホタル

ふっと
灯って
ふっと
消え

震える
光の
行き先
は

あおぐ
銀河か
草葉の
露か

ホタル

ホタル

ホタル、ホタル

触れずいる

アゲハの
黒の
ビロードの

舞いに
舞っては
鮮やかに

追うては
消え
また追うて

空にひまわり
見上げては
足もと草むら
見下ろして

アゲハの
黒の
ビロードの

ひらり
ひらりと
華やかに

触れそで
触れず

かすめては

朝顔の青
蔓
追うて

蜜を吸うよで
舞い離れ

その黒の
漆黒の
ビロードの

欲しと思えど
触れずいる

竹林

からからから、ころころころ

からからからん
ころんころん

風は鳴らして走り去る

からからからから
からんからん

ころころころころ

ころんからん

空は高々澄み透る

からからからん
からんからん

からからからん
からんからん

ざわざわざわ
ざわざわざわ

からからからから
からんころん

ころころころ
ころんころん

ころ　からん
ころ　　からん

ころころころころ
から　ころん

どんぐり

ころん
風に吹かれて
どんぐり落ちた

つややか丸く
どんぐり落ちた

あたまにお帽子
のせたまま
ころころころころころ
ころがった

あたりは
ころころ
どんぐりだらけ
あちらこちらで
ぶつかって
はじけて
とんで
ころころころころ

枯れ葉の上で
かさりこそり
お日様うけて
きらりくるり

どんぐりパラパラ

ころんころん
散らけてはじけて
いとおし、な

V

まよいみち

ぽっ　ぽっ　ぽっ
ともる黄の花
春のはな
にじむはみどり
春のいろ

てくてく
行こう
春のみち
あぜ道より道
まわり道

手に
汗かいて
ほてる頬
どんどん行こう
あの空の
ふたえに浮かぶ
虹のもと

虹のもとには
なにがある？
虹のいろした
花ばたけ
虹のいろした
ひろい海

はるばる行こう
遠くまで
歩けば楽し
口笛を
風に乗らせて
てくてくと

日はゆるやかに
かたむいて
虹はどこに
逃げたやら
ひんやり指先
ポッケに入れて
ここはどこやら
遠い道

かすれた声の
夕風に
沈むなのはな
ふかみどり
振り向く先に
藍のそら

帰ろう帰ろう
はるばると
一人とぼとぼ
暗い道
ふいに斜めに
照らす月
青みがかった
花あかり

帰る先には
なにがある？

はやる足取り
はやる胸
迷わず行こう
帰り道

夏の夜

さわがしい
さわがしい
夏の日の夜は
さわがしい

げこげこげこげこ
さわがしい

さわがしい
さわがしい
夏の日の夜は

さわがしい

じぃじぃじぃじぃ
さわがしい

窓を開けると
たちこめる
陽の名残りと
音音音

げこげこげこ
じーじじー
げこげこげこげこ
じー
じじー

行かなくちゃ
行かなくちゃ

音出す子たちに
会いに行く

お家を出ると
うるんだ空気
大きく浮かぶ
お月さま

あぜ道、ふんで
会いにいく
あのさわがしい
あの子たち

みどりのお顔を膨らませ
半分田んぼに身を隠し

げこげこげこげこ
こんばんは
げこげこげこげこ
こんばんは

行かなくちゃ
行かなくちゃ

音出す子たちに
会いにいく

月はぼんやり
空気を吸って

笠をかぶって
まん丸く

耳をすませて
会いにいく
あのさわがしい
あの子たち

湿った草葉に隠れては
仲間を探して歌ってる

じぃじぃじぃ
こんばんは
じぃじぃじぃじぃ
こんばんは

あぜ道歩けば
シンとなる
通り過ぎると
たちあがる

げこげこげこげこ
こんばんは
じぃじぃじぃじぃ
さようなら

会いたい子たちは
どこにいる?
会いに来たのに
どこ行った?

VI

水たまり

ひらり
跳んで
きらり
お日さま
水たまり

ぴしゃり
飛んで
揺れる
青空
白い雲

よけて
笑って
走って
踏んで
水たまり

泥色
足元
声あげ
笑う
君の影

くすくす
逃げる
風切り

渡る
ひととびに
落ちゆく
夕日
映して
光る
水たまり

波紋

鏡に落ちた
水面は揺れる
青空もまた
ゆらゆらと

ぴしゃんと落ちた
水面は揺れる
水面に映る
小鳥は消える

またひとつ落ちた

輪になり揺れる
追いつ追われつ
白雲はしる

音なく落ちた
小鳥は踊る
揺れる水面の
ひろいそら

波紋は消えた
差し伸べたその
手のひらのその
ひとすくい

前触れ

光る苔
翳る苔
まだらに
踊る
木洩れ日

光る瞳
翳る瞳
ゆらりと
うつむく
まなざし

触れる
木肌
ひややかな
指先
遠くの
鳥のさえずり

梢に風
あそぶ髪の毛
雨の
近づく
気配

低いつぶやき
見えぬ

横顔
空には
灰色の雲

届かぬ
その声
光る
稲妻
まぶたを
上げる君

VII

音

きこえぬ音
届かぬ音
追いかける

音

囀る音
躊躇う音
静寂に

満ちる

間

軋る音
和らぐ音
風を
切る

弓

かすかな音
うなる響き
闇に

ひかる

その音

踊る音
引き摺る音

空を
描く

沈黙

迫りくる音
消えゆく音

届く

その時

尊敬するコントラバス奏者、即興演奏家、作曲家の、故齋藤徹氏に捧ぐ。

Ⅷ

野にいでて

野にいでて
さまよう君に
春の風

白詰草の
揺れる夕

茜に染まる
夕空に
ほんのり灯る
花あかり

そぞろ歩けば
土の香と
足もと濡らす
春の露

さざ波走る
今日の君
憂いを胸に
野を歩む

頬に
ふれゆく
春風の
ゆくえに浮かぶ
おぼろ月

うつむく君は
指先で
白詰草に
そっと触れ

白詰草の花あかり
あかりをつつむ
春の夜

じんわり潤む
お月さま
瞳に滲む
花の白

雨の夜

静かな雨音が
続く夜

ひんやりと
湿った
空気と

じっと
体を丸める
君

雨音は
空に消え入るようで
耳をすますと

いよいよ細く
かぼそく

君はいよいよ
丸くなって

その身を消そうとする

夜はゆっくりと更け

雨は

続いているのかいないのか

空気はさらに冷たく
君の指先もまた

朝は来るのか

夜は終わるのだろうか
君が身を伸ばし
こうべを上げる時は

そのとき
温かな日は

秋をゆく

澄んだ空気の中
佇む君は
赤に
黄に
とりどりの葉を
受けて

秋の気配を
確かめるように
短い
口笛を吹いた

祠に溜まる
落ち葉に
木の実が
茶色く光り

足を踏み出すと
落ち葉が
かさかさと鳴った

ひんやりとした空気に
木洩れ日が
あたたかく

君は
そのあたたかさを

肩にうけて
秋をゆく

梢たちは
幾重にもかさなり
赤に
黄に
橙に

空は
きれぎれの青を
梢の合間に見せる

君は
秋をゆく
口笛を吹いて

口笛は
高く
梢をこえ
風にのり

とりどりの楓とともに
空を舞った

木洩れ日を

あたたかな
木洩れ日を
ポッケに入れて
だいじに
もって帰ろう

風向きの変わった
あの日から
季節は足早に
冬へと向かっている

たとえ
どんなに北風がつめたかろうと
君は
このあたたかな木洩れ日を
握りしめて
頰を紅くして
ふみだすのだ

あたたかな
木洩れ日を
手のひらにのせて
だいじに
もって行こう

ひとり

北風に凍えて
街角で誰かを待つ
あの小さな手のひらに
そっと渡すのだ

雪あかり

暗がりに目を覚ますと
窓はほんのり光っている

ああ
雪だ

夜は音無く
冷たく

君は外を見たくて
暖かな寝床から

身を起こす

窓は重く
君の手はじんと痛む

窓を開けると
そう
一面の

屋根に
梢に
差し伸べた手のひらに

大きな雪の切れ端は
軽く
ふわりと

舞い積もり

君の瞳は
雪あかりを映して輝く

ああ雪だ

朝がきたら
一番に
あの白くてふんわりした雪に
足を踏み出すのだ

君はその時を思い浮かべる
君の頬は
夜の空気に紅く染まり
指先ははや

冷え切っている

ゆっくりと窓を閉め
半ば冷えた寝床に潜り込むと
閉じたまぶたに
ほんのり雪あかりが
映っている

歩む

ぽくぽく
歩む
雪のなか
ぽくぽく
歩む
雪の道

吐く息
白く
手は紅く

ぽくぽく
歩む
ふたり道
もくもく
歩く
並木道

高く
そびえる
赤杉の

あたまに
白く
綿帽子

滑って
ころんで
たちあがる

高く
消えゆく
笑い声

ぽくぽく
ゆくては
雪の道

もくもく
歩む
どこまでも

ぽくぽく
歩む
白い道

すきとおる光の風景

武田昭彦

市川洋子さんの詩について述べたいとおもう。わたしは『森ノ道』という美術家たちの同人誌を二〇一三年の五月から主宰してきた。洋子さんに寄稿をお願いしたのは二〇一五年の夏号（八月）からである。そのときの「あとがき」にわたしはつぎのように書いた。

今号からグラスアート作家の市川洋子さんに参加していただくことになった。彼女の作品は、一般によくあるステンドグラスとは違って、風景を見るため、それを発見して楽しむためのもののようにおもえる。その淡い色は、微妙で、むしろすきとおること自体を体験するような錯覚をおぼえる。彼女の書く詩もそれに似ているような気がする。

わたしはステンドグラスに関してはほとんど何も知らないので、最初に

洋子さんの作品を見たとき、鉛の桟のなかに絵が描かれているわけではなく、ただ淡い色ガラスだけなので、そのガラスを通した、いわば「すきとおった風景」を感じた。むろん、中世の教会堂のステンドグラスそれ自体から発するような神妙な濃い色の作品も彼女は制作していたようだが、わたしは、はじめに見て、むしろ風景を見させる透過的・媒介的な作品なのだと憶断してしまったのだ。ステンドグラス（stained glass）それ自体は、字義通り訳せば、染色されたガラスということなのだろうが、その焼きつけられた色が微妙に透明感のあるものだったわけである。

ステンドグラスにとって重要なのは光だとおもう。そのように、洋子さんの詩は、光に敏感に感応し、空にむかって上へ上へとあがり、反対に、光の対極である闇に、それは下降し、闇へと沈み、どこまでも沈み、しかし光と闇は協働して、こんどは影をうみ、諸々のイメージがうごきだす。彼女の詩のなかの言葉を以下につむいでみると、まなざしが上昇しては下降するが、身体は水平にどこまでも前進していく感がある。

稲光と雨音、そして鳥たちは青空を待つ。空へと伸びる小枝、みどりをかさねる樹々たち、その彼方の空と雲。

耳元の風、からからからん、空は高々澄み透る。ころん、風に吹かれ

て、どんぐり落ちた。
てくてく行こう、春の道、あぜ道、より道、まわり道。どんどん行こう、あの空の、虹はどこに逃げたやら…。

彼女は、どんどん歩く。空に向って、木々たちに向って、そして足下の草たちに目をおとす。空はますます青く澄みわたり、風が野を駆け、かざす手に、光が満つ。夜だって、影に呼ばれて、月夜を歩き、その光に手をかざす。

このように、洋子さんの詩には、さまざまな光が満ちている。それに音も——ざざっざん、ざーざざー、ざぐざぐ、しんしん、かんかん、じんじん、きんきん、ふくふく、からからからん、ころんころん、ケンケンケンといった擬態語や擬声語の数々、さらに匂い——湿った苔、雨、黒土、朽ちた木の葉、潤む空気などから間接に感じられるのだ。したがって彼女の詩は、自然と感応する身体的感覚の躍動ともいえる——ひらり／跳んで／きらり／お日さま／水たまり——といった詩句は見事というしかない。また——雨音は空に消え入るようで／耳をすますといよいよ細く／かぼそく／君はいよいよ／丸くなって／その身を消そうとする——という詩句などは、聴覚の最小値が最大値となった表現である。

＊

わたしは、洋子さんが早稲田大学の文芸専修を卒業していたことも知らずに、わたしの主宰する同人誌に詩を書くことを依頼した。それは、彼女のステンドグラスという造形作品を見て、書いてほしいとおもったからである。おそらく彼女のもつ芸術の質がそうさせたのであろう。

ひとりの芸術家の作品は、それが造形作品であろうと文学作品であろうと、その表現の質は変わらない。むろん、文章を得手としない造形作家もいるだろうが、それでもその人格は変わらない。つまり、造形作品においても文章においても、その自然や事物に感応する身の在り方は変わらない。それがその芸術家のもつ質なのだとおもう。

二〇一一年三月一一日の東日本大震災では、わたしの住む仙台も被害は大きかった。電気も水道もガスも止まってしまった。近くの海岸にはたくさんの人の死体が上がっているとラジオは伝えていた。水も出ないし、食料も不足していた。しばらくは、ただ生きることに夢中だった。そんな懸命さにしばし喜びを感じることもあった。

災害から二年経ち、やっと生活も周囲のインフラも回復したが、なぜか

空虚感が残っていた。それで、東北の美術家たちと『森ノ道』という同人誌を始めた。精神の相互浸透と友情のしるしだった。言葉が必要だった。

大震災のとき、東京の知人友人たちから、そして洋子さんからも安否を気遣うメールをいただいた。しかし彼女はその三カ月後に、災害ボランティアのツアーで南三陸町に向ったという。彼女は行動の人だった。

洋子さんとわたしとのかかわりは、彼女の父上である市川浩先生がわたしの大学院時代の恩師で、先生がご病気になられたとき、わたしが明治大学で先生の代講を務めた縁で、先生のお宅に伺うようになって以来のことである。当時洋子さんは、先生の介護をされていたが、ステンドグラスをやっているとのことで、その後わたしは、美術評論家の端くれとして、彼女の個展を見るようになったのである——しかし残念なことに、洋子さんは眼の病気があっていま制作をやめているとのこと。

市川浩先生は身体論哲学のパイオニアであった。こんどは洋子さんが世界と身体が感応する詩を書いている。まさに生きられる身体による芸術の具体化であるが、洋子さんは、急がない、ぽくぽく、もくもくと歩む、だれもが知っているのに、だれも知ることのないあの森の道を。

あとがき

この詩集に収めた詩は、おもに『森ノ道』というちいさな同人誌に発表してきたものである。

『森ノ道』は、仙台在住の美術評論家の武田昭彦さんが、東日本大震災後に、東北や北海道在住の美術家の方々に声を掛けられて始められた同人誌で、武田さんお一人で編集、発行をされている。

当時の武田さんからのメールには、東北は震災から立ち直る力は無い、というようなことが書かれていて、その言葉に驚き、簡単に復興という言葉を口にしている首都圏の私たちと、東北に住んでいらっしゃる方々の感覚との距離の遥かさに衝撃を感じた。

武田さんから「『森ノ道』に詩を書いてください」というお誘いを受け、書きはじめた詩は、自然、祈りに近いものであったように思う。

『森ノ道』は文字どおりちいさな冊子で、けれどそこでは、深く呼吸をすることができる自由な空気と、木立から落ちる木洩れ日のような明るさに満ちていた。

そんな場を提供してくださり、拙い私の詩を受け止めてくださった武田さんに改めて感謝を申し上げたい。

書きつづってきた期間には、親しい尊敬する友人の闘病の時期もあり、祈りを込めた詩が何篇もある。そして今まさに、新たな感染症の広がりで社会が不安に満ちるなか、あとがきを書いている。この祈りが届くことを願って。

この詩集を手に取り、読んで下さった皆さま、やわらかであたたかな、そして繊細な装画を描いてくださったTomoさん、初めての詩集出版にあたって、アドバイスをくださった港の人の上野勇治さんに御礼申し上げたい。そして、いつもそばにいて、見守ってくれるM・Kに、感謝を込めてこの詩集を捧げたい。

市川洋子

市川洋子　いちかわ ようこ
早稲田大学第一文学部文芸専修卒業
同人誌『森ノ道』にて二〇一五年夏号より詩を発表

春待唄

二〇二〇年六月二十七日初版発行

著　者　市川洋子
発行者　上野勇治
発　行　港の人
神奈川県鎌倉市由比ガ浜三―一一―四九
〒二四八―〇〇一四
電　話〇四六七―六〇―一三七四
FAX〇四六七―六〇―一三七五
装　丁　港の人装本室
印刷製本　創栄図書印刷

ISBN978-4-89629-377-7

JN090993